AF295754

Collection "Patrie"

MAXIME VUILLAUME

PARIS BOMBARDÉ PAR LES "BERTHAS"

40 c.
Le récit complet illustré.

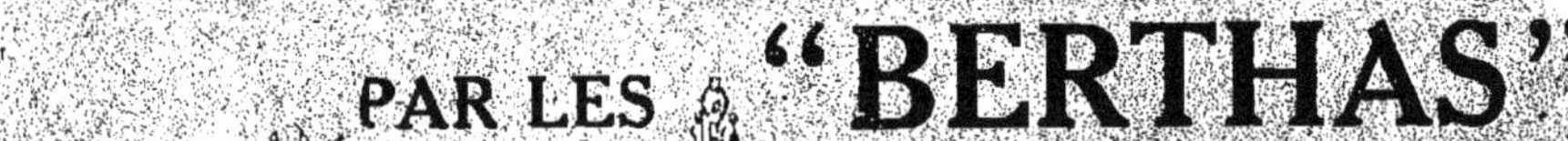

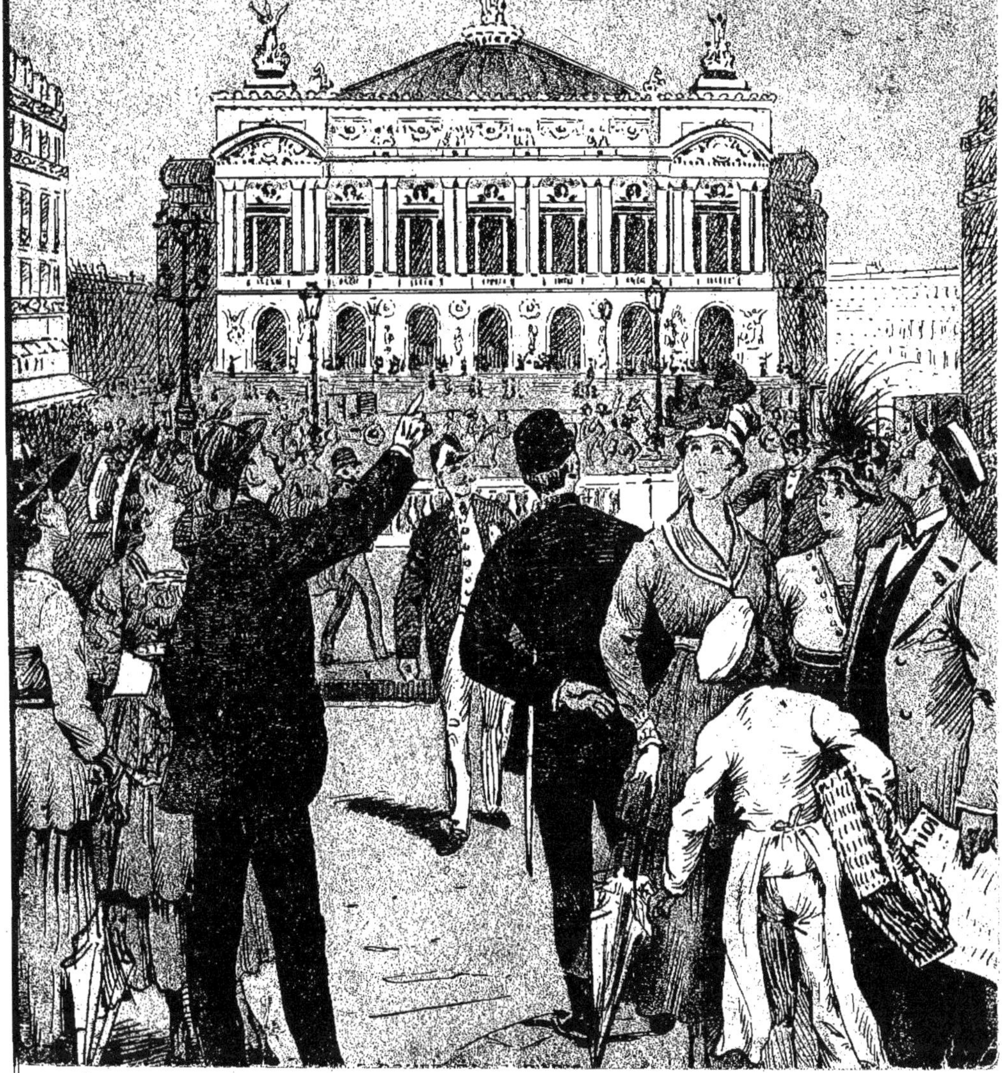

I

En plein mystère

NON... Je n'y comprends plus rien... Tu viens d'entendre, comme moi, une détonation... Et je ne vois rien, rien, dans le ciel...

Maurice Legrand et son ami Paul Merlin se trouvaient, le samedi 23 mars 1918, vers neuf heures du matin, place Denfert-Rochereau. Le ciel était d'une admirable pureté. Pas un nuage.

Les deux amis, qui depuis leur retour de Salonique habitaient deux maisons voisines du boulevard de Port-Royal, avaient passé leur nuit blanche, ou à peu près.

La veille, vers dix heures, l'alerte avait été donnée pour un raid d'avions.

— Non... C'est impossible, dit Maurice, ça ne peut pas être encore les gothas. Et, pourtant, il n'y a pas à le nier, ça tonne... ça tonne.

Une explosion retentit, lointaine.

— Tu entends, Paul... C'est bien une bombe!

Les deux amis interrogèrent à nouveau le ciel.

— Et rien, rien... pas l'ombre d'un avion... D'où diable les explosions peuvent-elles venir?... Certainement, ces canailles-là doivent se tenir dans les hauteurs, très haut, très haut, peut-être à quatre mille mètres.

Des groupes nombreux stationnaient autour du Lion de Belfort.

Toutes les têtes étaient tournées vers le ciel.

— Là-haut... je vois quelque chose... C'est sûrement l'avion boche.

Une autre détonation retentit, plus proche.

— Ils sont au-dessus de nous, dit une marchande des quatre-saisons, qui roulait sa voiture. Zut!... je rentre.

Maurice, pas plus que son ami Paul, ne comprennent rien à ce qui se passe.

— Moi, dit Maurice, d'où que cela vienne, il me faut être à une heure après-midi aux Invalides. Jusque-là, j'ai le temps. Promenons-nous un peu, nous prendrons ensuite le métro.

— Mais le métro ne marche pas. Le tramway Montrouge-Saint-Augustin, qui passe avenue du Maine et qui conduit à l'Ecole militaire et aux Invalides, ne marche pas non plus.

— Nous prendrons un taxi...

— Qui nous demandera vingt francs...

— Ah! bien, non... Nous irons plutôt à pied. Le temps est superbe. Et s'il nous tombe une bombe sur le nez, nous le verrons bien.

Les deux amis, par curiosité de la rue, remontèrent l'avenue d'Orléans jusqu'à l'église Saint-Pierre-de-Montrouge.

Sur la place de l'Eglise, comme au Lion de Belfort, les groupes de curieux stationnaient.

— C'est étonnant... On ne voit rien. Et, cependant, il n'y a pas à dire, les coups claquent ferme.

— Boum!

— Ah! celui-là, il est tout près... On dirait un coup de canon...

— Un coup de canon! Mais d'où voulez-vous qu'il soit tiré? Moi, je vous dis que ce sont leurs avions qui nous bombardent...

Après s'être arrêtés un instant à écouter les réflexions des spectateurs, les deux jeunes gens se décidèrent à reprendre leur route.

Maurice et Paul faisaient tous les deux partie de l'armée d'Orient. Ils étaient en permission de quarante jours, ayant passé plus de dix-huit mois à Salonique. Maurice se rendait aux bureaux de la place, aux Invalides, pour se renseigner sur sa situation militaire et sur une prolongation possible de sa permission. Paul l'accompagnait.

Ils s'engagèrent dans l'avenue du Maine.

— On n'entend plus rien, dit Paul. Mon avis est qu'un avion boche est resté sur Paris, n'osant pas repasser nos lignes, de peur des tirs de barrage... Il devait avoir encore trois ou quatre bombes, dont il s'est débarrassé avant de tenter à nouveau de s'échapper...

— Ça peut être ça, dit Maurice. Ça peut aussi être autre chose. Mais quoi? Je n'en sais fichtre rien.

Ils passèrent devant le square de la mairie du quatorzième arrondissement et poursuivirent leur chemin.

Ils étaient arrivés à la hauteur de la rue Liancourt, quand une détonation, sèche et rapide, retentit.

— Tonnerre! dit Maurice, c'est à côté.

Des gens couraient.

Maurice hâta le pas.

Il se heurta, bientôt, à un groupe d'une douzaine de personnes, qui discutaient avec des gestes affolés.

— Là... là..., disait un jeune homme d'une quinzaine d'années. Je l'ai ramassé là...

—Et il montrait, comme un trophée, un culot d'obus, ou, plutôt, une rondelle de culot, presque intacte.

Maurice prit la rondelle dans sa main.

Elle était encore chaude.

— Oui, continuait le jeune homme, la bombe a écorné tout un pan de mur... Voilà deux autres éclats, que j'ai ramassés à côté de la rondelle.

Et il montrait deux morceaux de métal grisâtre.

Maurice tenait toujours en mains la rondelle.

La considérant attentivement, il songeait :

— Mais elle a à peu près quinze à seize centimètres de diamètre... Mettons trois à quatre centimètres d'épaisseur du projectile, et nous avons là un obus de 210, ou de 240... Une bombe? Non. Ça n'est pas une bombe... C'est bel et bien un obus, à mon avis.

On continuait à discuter dans le groupe.

Un officier d'artillerie passa.

— Voyez, mon lieutenant, cette rondelle... Est-ce que vous ne croyez pas, comme moi, que c'est une rondelle de 210, ou de 240?

Le lieutenant prit la rondelle.

—Peut-être...

— Alors, d'où vient-il, cet obus?

— Mais... du fort de Montrouge.

— Du fort de Montrouge! Le fort tirerait sur Paris avec du 240! C'est impossible.

Le lieutenant eut un haussement d'épaules, comme pour dire :

— Je n'y comprends rien.

— Ni moi non plus, pensa Maurice. Et, pourtant, la rondelle est là, encore à demi brûlante.

Et il ajouta :

— Vrai. Nous sommes en plein mystère.

Une nouvelle détonation coupa sa phrase.

Un projectile, mystérieux par sa provenance, tombait encore une fois sur Paris.

Maurice, avant de quitter le groupe, rendit la rondelle au jeune homme qui l'avait ramassée.

— Je te l'achète, si tu veux... Cent sous?... Je la porterai aux Invalides, où je me renseignerai.

— Ma foi non... dit le jeune homme. Je la garde... Je veux la montrer aux copains de la rue de la Gaîté. Ça va les amuser...

II

Un canon qui tire sur Paris

PAUL et Maurice continuèrent leur route.

L'obus, dont ils venaient de voir la rondelle de culot, accaparait leurs préoccupations.

— C'est bien un obus... disait Maurice. Cela, j'en suis sûr... Ce n'est pas une bombe... Or, qui dit obus, dit canon... Et les Boches sont à plus de cent kilomètres d'ici... Un canon qui tire à cent kilomètres, ça ne s'est jamais vu...

— Il faut, dit Paul, s'attendre à tout avec les Boches... Tu te rappelles quand on a, en 1915, tiré sur Dunkerque, personne ne voulait y croire...

— Oui, mais Dunkerque n'était qu'à 35 kilomètres du front... Tandis qu'ici, nous en sommes à 100 kilomètres... Je te dis, Paul, que c'est impossible, archi-impossible...

Les deux amis, devisant de l'obus et du canon, arrivèrent à petits pas, à l'Ecole militaire, où ils s'arrêtèrent avant leur visite à la place.

Une demi-douzaine d'explosions avaient ponctué leur promenade.

— Etrange, étrange! disait Maurice. Je n'y comprends décidément rien... Si c'est un canon, où est-il? Où peut-il être?... Cette trajectoire, en ligne droite, de plus de 100 kilomètres, me stupéfie... Et je ne suis certainement pas le seul à être stupéfié en ce moment.

Il faisait chaud. Midi sonnait. Maurice et Paul entrèrent dans un café de l'avenue de la Motte-Picquet.

Ils n'étaient pas assis depuis cinq minutes qu'un ami commun, journaliste, Henri Boisclair, entra.

— Salut et canonnade!

— Canonnade? Alors, toi aussi, dit Paul, tu crois au canon...

— Mon vieux, je n'en sais rien. Mais, tout ce que je puis te dire, et je tiens mes renseignements du ministère de l'armement, d'où je viens, c'est que, depuis ce matin, vingt-deux obus — tu entends, vingt-deux obus, et non pas vingt-deux bombes — sont tombés sur Paris.

Henri Boisclair avança une chaise, commanda une consommation, dont il avala, d'un trait, une large rasade :

— Oui, vingt-deux obus... C'est tout simplement effarant... Personne n'y comprend rien... Tirer à 100 kilomètres, ça ne s'est jamais vu... Ah! c'est là un mystère vraiment lancinant... Et, pourtant, les vingt-deux obus sont bel et bien tombés, écornant les maisons, tuant des passants... Du reste, j'ai ici, dans ma poche, la liste des

— Oui, vingt-deux obus... C'est tout simplement effarant (p. 4).

points de chute... Ça ne doit pas se dire, mais, entre nous, je peux bien vous la montrer.

Et le journaliste sortit de sa poche un papier, qu'il fit passer devant les yeux de ses deux camarades.

— Hein! vous y croyez, maintenant... Ai-je tort de dire que c'est effarant?

Henri Boisclair avala une deuxième gorgée d'un vermouth cassis dont le liquide cramoisi dormait dans son verre.

L'heure de la visite aux Invalides allait sonner pour Maurice, qui se leva.

Les trois amis passaient le seuil du café quand, encore une fois, une explosion fit trembler les vitres.

— Attendons les journaux du soir, dit Paul. Ils nous diront certainement quelque chose.

Maurice, que Paul avait accompagné, ne sortit des Invalides que vers cinq heures.

Les journaux du soir étaient parus.

Ils se précipitèrent sur le *Temps*.

A la quatrième page, aux dernières nouvelles, cette phrase, qui confirmait ce qu'ils avaient entendu de la bouche de leur camarade Boisclair :

« Le bombardement de Paris s'effectue avec un canon à longue portée. »

— Alors, dit Maurice, si c'est dans le *Temps*, on peut le croire.

Les deux amis entrèrent pour la seconde fois dans le café de l'avenue de la Motte-Picquet.

On n'y parlait que du canon.

— Non, disait un officier dans un groupe de consommateurs, je n'y croirai que lorsque je l'aurai vu, de mes yeux vu... Cent kilomètres de portée, même 120 kilomètres, puisqu'il faut bien être en arrière du front s'ils ne veulent pas être détruits par nos tire d'artillerie lourde, c'est renversant... ça démolit toutes les théories de la balistique...

— Et moi, dit un gros monsieur, je vous dis qu'ils sont installés dans quelque parc, où ils ont d'avance aménagé des plates-formes...

— Mon vieux, interrompit un voisin, tu déraisonnes... Est-ce que tu crois qu'on les aurait ainsi laissés amener leur matériel, qui ne doit pas être très portatif?... Et puis, ils seraient vite découverts, repérés, comme on dit.

Les habitués du café passèrent en revue tous les moyens, plus ou moins acceptables, dont avaient dû se servir les Allemands pour installer leurs nouvelles pièces. L'un d'eux voulait que l'ennemi eût creusé un long souterrain, aboutissant en pleine campagne, la longueur du souterrain raccourcissant la distance, et par suite la trajectoire...

Tout Paris, le soir du samedi 23 mars, ne parla que du canon fantôme.

Les artilleurs levaient les bras au ciel, désespérant désormais des plus intangibles lois de la balistique.

Il fallut cependant se rendre à l'évidence.

Le lendemain, le bombardement recommença. Les explosions succédèrent aux explosions.

C'était décidément un canon, qui envoyait sur Paris ses projectiles.

Et ce canon était bel et bien installé à 120 kilomètres de la capitale

III

Le bombardement en 1871

LES jours passèrent.

Le canon — qu'on avait déjà baptisé du nom de « Grosse Bertha » — tonnait toujours.

Il tonnait, il est vrai, assez irrégulièrement.

Tantôt, il tirait, à coups espacés, de quart d'heure en quart d'heure. Tantôt, il restait des heures sans faire entendre sa voix.

— Il est fatigué, disaient les Parisiens.

Le jeudi 28 mars — cinq jours donc après le premier coup de la Bertha — toute la famille de Maurice était réunie, l'après-midi, dans l'appartement du boulevard de Port-Royal.

Autour de la table du salon familial, la mère de Maurice, sa sœur Henriette, une ravissante jeune fille de dix-huit ans, fiancée à l'ami Paul, un vieillard encore vert, bien qu'il eût dépassé soixante-dix ans, le grand-père de Maurice.

Paul entra.

Il avait à peine pris place qu'une forte explosion secoua les vitres.

Paul tira sa montre :

— Deux heures quarante-cinq.

Et il sortit un carnet, sur lequel il inscrivit, au crayon, l'heure de la chute.

— Je n'en oublie pas un, dit Paul. Ce carnet sera, pour moi, plus tard, un précieux souvenir... comme l'est, pour vous, grand-père — et Paul s'était tourné vers le vieillard — comme l'est pour vous votre carnet de l'autre guerre, celle de 1870...

Il n'en fallait pas plus pour que le vieillard racontât, comme il le faisait chaque fois qu'il en avait l'occasion, ses souvenirs du bombardement de Paris par les Allemands, en janvier 1871.

Toute la famille prêta l'oreille. Le vieillard commença :

— J'habitais, de ce temps-là, le quartier Latin, tout près du Panthéon, dans une maison qui existe encore, à l'intersection de la rue Gay-Lussac et de la rue Saint-Jacques... Nous étions aux premiers jours de janvier 71... Le 5 janvier donc, je crois me rappeler la date, nous étions, comme d'habitude, tous les trois dans la chambre à coucher, à nous chauffer les doigts à un maigre feu... Tu étais toute petite, Adèle, dit le vieillard en regardant sa fille, la mère de Maurice, mais tu n'as pas oublié tout cela...

— Père, je n'ai rien oublié. Je n'étais du reste pas si petite, puisqu'en 1871 j'avais déjà cinq ans !

— Eh bien! continuait le vieillard, nous étions tous là, à causer des événements du jour, quand, sous nos fenêtres, une explosion, un coup sec, nous fait tressauter... Je cours à la fenêtre... Juste en face, le mur du couvent des dames de Saint-Michel est crevé... Les pierres ont roulé à terre... Les gens fuient, effarés... Je dégringole nos trois étages... Je me mêle aux groupes... Des gamins ont ramassé des éclats du projectile... Pas de doute, c'est un obus... Un obus prussien... On nous bombarde... Toute la soirée et toute la nuit, et les nuits suivantes, ça a continué. Ah! les nuits! Il fallait entendre les obus, quand ils passaient au-dessus de notre maison, avec leur roulement sinistre, comme une charrette qui roule sur des pavés... Il en est tombé un tas dans le Luxembourg, à Montparnasse, Grenelle... Ils ont crevé le dôme du Panthéon. Le temps a mis sa couche grise sur la blessure, mais, moi, je reconnais encore la place où l'obus est arrivé... Paris a reçu ainsi, sur la rive gauche — un seul projectile est allé jusqu'à la Seine — plus de 600 obus, jusqu'à la capitulation, qui a eu lieu, vous le savez, le 27 janvier... Ah! je me souviendrai toujours du premier obus, qui creva le mur des dames de Saint-Michel...

— Le bombardement de 1871 a-t-il fait beaucoup de victimes?

— Je ne me souviens pas du chiffre exact. Deux cents, je crois.

— La grosse Bertha a déjà pas mal de méfaits, de crimes sur la conscience, si elle en a une... A propos, pourquoi a-t-on donné au canon qui nous bombarde le nom de Bertha?

— Voilà, dit le vieillard, j'ai lu cela hier dans le journal. Bertha Krupp est le nom de la fille du célèbre fondateur des usines Krupp, qui fabriquent, à Essen, en Westphalie, l'artillerie allemande. Les usines d'Essen sont le Creusot allemand. S'il faut en croire certains renseignements, les canons géants qui, depuis cinq jours, bombardent Paris ne seraient pas de construction récente. Ils auraient été construits et essayés avant 1914.

« Au printemps de 1914, un général américain, qui visitait les grandes usines européennes, débarqua à Essen. Bertha Krupp le conduisit elle-même dans les divers ateliers. La visite était terminée, quand le général reçut de Bertha la proposition de visiter un atelier secret, où personne, en dehors d'un petit nombre d'ouvriers assermentés, ne pénétrait jamais.

« Le général vit, dans cet atelier, deux pièces géantes, munies de tubes d'une longueur démesurée et de diamètre relativement réduit.

« — Voilà, dit Bertha, les pièces que vous devriez acheter pour la défense de votre canal de Panama. Elles portent à 90 milles, environ 145 kilomètres, et reviennent à 1.200.000 dollars; 6 millions de francs.

« — Mais, comment ne les offrez-vous pas, ces pièces, au gouvernement allemand?

« — Notre empereur, aurait répondu Bertha Krupp, ne croit pas à leur efficacité.

« Le général américain ne se laissa pas convaincre. Les pièces restèrent à Essen.

— L'histoire est-elle vraie? Est-elle inventée?

« L'empereur allemand, s'il lui est arrivé de ne point avoir confiance dans les grosses Berthas d'Essen, est revenu depuis de son erreur puisqu'on annonçait, dans la suite, qu'il avait assisté en personne au tir des pièces, et qu'il avait hautement félicité les artilleurs chargés de pointer le canon géant sur Paris. »

IV

Ainsi parla le lieutenant Marcel

UN coup de sonnette retentit.

La porte s'ouvrit et un beau et grand jeune homme de vingt-cinq à vingt-huit ans, qui portait fièrement l'uniforme de lieutenant d'artillerie, entra.

Chacun poussa un cri de surprise :

— Tiens! Marcel.

— D'où viens-tu, et comment es-tu ici? questionna Maurice, qui ne s'attendait guère à voir en ce moment son ami Marcel.

— Vous voilà donc aussi en permission, demanda Henriette. Vous arrivez bien... Et, d'abord, comment cela va-t-il dans votre bois d'Avocourt?

— Très bien, très bien, dit en riant le nouveau venu. Ce ne sont pas, vous devez le penser, les coups de canon qui font défaut... Je suis ici pour dix jours, et je n'aurais pas voulu passer ces dix jours à Paris sans venir prendre de vos nouvelles.

— Comme c'est gentil! dit la jeune fille. Vous arrivez à pic... Et vous allez, tout de suite, nous dire ce que vous savez de la Bertha qui nous canonne depuis samedi matin... Vous, qui avez été à Centrale, et qui êtes lieutenant d'artillerie, vous devez être, mieux que quiconque, renseigné sur ses faits et gestes.

Marcel commença par protester.

— Non, vrai, vous me prenez au dépourvu. Ce n'est pas une mince question que celle du canon géant. Je vais être obligé de vous parler physique. Je vais vous embêter, j'en suis sûr...

— Non, non. Allons, ami Marcel, dit de sa voix douce la fiancée de Paul, commencez, et, surtout, ne craignez pas, comme vous le dites modestement, de nous « embêter ».

Marcel s'inclina.

— Depuis que je suis arrivé, commença-t-il, je n'entends parler que du canon — du canon qui bombarde Paris. Et j'en ai entendu de drôles. Songez! cent vingt kilomètres! On n'est pas habitué à ces portées! C'est un véritable tour de force qu'ont fait là les Allemands. Et, pourtant, le tour de force peut-être facilement expliqué. Quand, avant la guerre, je faisais ma première année de Centrale, mon professeur de mécanique nous expliquait déjà qu'en balistique il y avait beaucoup à faire, et que les portées de nos canons pouvaient être largement dépassées. Il n'y avait, pour cela, qu'à vaincre la résistance de l'air.

— La résistance de l'air? interrompit Maurice. Oui. Je m'en étais douté.

— Laisse parler Marcel, dit la jeune fille.

— Eh bien! je continue, dit Marcel. Je vais vous parler comme mon professeur. Vous savez tous que l'air qui nous entoure est pesant, et que, par suite, il oppose une résistance à la marche en avant d'un corps qui le traverse. Il n'est personne de nous qui n'ait observé cette loi de notre atmosphère. Il n'est personne non plus qui ignore que plus on monte dans l'air, plus l'air est léger. Tout le monde, certes, n'a pas grimpé au sommet du Mont-Blanc, ou à celui de l'Himalaya. Mais tout le monde sait qu'au sommet du Mont-Blanc, qui n'est guère qu'à 5.000 mètres, et même moins, au-dessus du niveau de la mer, l'air est léger, très léger, à ce point qu'on n'y peut respirer qu'avec peine, et que nombre de voyageurs sont incommodés par ce qu'on appelle le mal des montagnes...

— Mais, où voulez-vous en venir? demanda Maurice.

— Patience... j'arrive à mes conclusions.

Les vitres tremblèrent. La Bertha venait de lancer un obus.

— L'air qui nous entoure, continua le lieutenant, oppose une résistance énorme à la marche de l'obus. On a calculé que si notre merveilleux 75, au lieu de tirer dans notre atmosphère, tirait dans l'air raréfié, celui qui existe dans les hauteurs de la couche aérienne qui enveloppe la Terre, il porterait, non plus à 7 kilomètres, mais bien à 25 ou 30 kilomètres, quadruplant ainsi la portée de la pièce.

— Je te vois venir, dit Maurice. Continue.

— Un obus de 380, semblable à ceux qui ont bombardé Dunkerque, ne porterait plus, dans l'air raréfié, à 38 kilomètres, mais à 70 kilomètres.

— Et notre canon géant? demanda de nouveau Maurice.

— M'y voilà. Pour augmenter la portée de l'obus — celui qui nous arrose de ses éclats — il n'y avait qu'une chose à faire, vaincre la résistance de l'air, faire en sorte que le projectile parcoure la trajectoire dans des régions où l'air raréfié ne lui opposerait plus qu'une résistance insignifiante. On a obtenu ce résultat en inclinant la pièce, sous un angle très ouvert, 50 ou 55 degrés. Ajouter à cela une charge de poudre formidable, créant une énorme vitesse initiale au projectile, et le tour est joué. L'obus monte jusqu'à 30 kilomètres

de hauteur, avec une vitesse folle, 1.400 ou 1.500 mètres à la seconde, au sortir du canon, vers l'éther léger et limpide. Il n'y ren-
contre plus aucune résistance. Et il marche désormais devant lui,
sans que rien ne s'oppose à sa course vertigineuse.

— Mais, interrompit encore une fois Maurice, c'est du roman à

Quelle cohue! Quelle bousculade! (p. 12).

la Jules Verne. J'ai déjà lu cela dans les *Cinq cent millions de la
Begum...*

— Parfaitement... C'est du Jules Verne... et du meilleur... Jules
Verne a été un vrai prophète... L'obus boche fait ainsi ses 120 kilomètres, et même 148 kilomètres, longueur réelle de la trajectoire
courbe, dans l'air raréfié, tandis que dans l'atmosphère ordinaire il
aurait achevé sa course après une quarantaine de kilomètres de trajectoire. Et, ces 148 kilomètres, l'obus boche les parcourt en trois
minutes, ce qui équivaut à du 50 kilomètres à la minute, 3.000 kilomètres à l'heure... presque vingt fois plus rapide que le plus rapide
de nos avions.

— Et cette fameuse Bertha, comment est-elle faite? Elle doit
être, cela va de soi, formidable, colossale...

— La Bertha est longue, longue... 25 à 30 mètres de longueur, dit-on, car personne ne l'a vue jusqu'ici et on est réduit aux hypothèses. Elle doit être très fortement « frettée », c'est-à-dire qu'elle est renforcée, du côté de la culasse par des anneaux métalliques qui doublent et triplent son épaisseur... Cette disposition est indispensable pour que la pièce puisse résister aux énormes pressions de la charge de poudre, qui doit être elle-même énorme... On ne sait du reste pas quelle poudre emploient les Allemands pour charger leurs Berthas. La pièce est rayée à l'intérieur, c'est-à-dire qu'elle est striée, comme les autres canons, de rainures tracées en creux, suivant une ligne hélicoïdale, de telle sorte que le projectile puisse tourner sur lui-même au moment où il quitte la pièce...

— Et l'obus? demanda Maurice.

— L'obus... On l'a reconstitué au moyen de ses éclats. C'est un projectile en acier, haut de 50 centimètres, du calibre de 210 millimètres. Il est surmonté d'une sorte de chapeau pointu, en tôle, qui sert de brise-vent et qui lui donne plutôt un aspect étrange. Il est rayé en relief sur sa surface. Voilà tout ce que je sais.

— Et c'est déjà beaucoup, remarqua la jeune fille. Grâce à vous, lieutenant Marcel, nous connaissons le personnage qui nous menace journellement de sa sinistre visite...

— Dans tous les cas, ils ne vous menaceront pas longtemps, ajouta Marcel, car nous espérons bien d'ici peu, donner de nos nouvelles au kolossal kanon, et le forcer à faire silence.

— Bravo! dit la jeune fille... Cette fois-là, monsieur Marcel, je vous embrasserai — si Paul le permet.

Paul, d'un signe de tête, acquiesça.

Toute la famille se préparait à aller faire un tour de promenade, quand la voix de Bertha se fit entendre encore une fois.

— Zut pour Bertha! dit la jeune fille, ce n'est pas elle qui m'empêchera de sortir.

— Vous n'avez donc pas peur, mademoiselle Henriette, et vous ne songez pas à quitter Paris comme tant de vos compatriotes? demanda Marcel.

— Ah! pour cela non! ils sont trop drôles tous ces froussards. Si vous voyiez la gare Montparnasse! J'y suis passée hier. Quelle cohue! Quelle bousculade!

— Certes, ajouta la mère, cela ne donne pas envie de voyager.

— En attendant, ajouta Henriette en mettant son chapeau, dépêchons-nous de sortir car il est déjà tard.

V

Le crime de Bertha

PAQUES approchait.

Et le canon tonnait toujours.

— Ces canailles-là — disait, le lendemain matin, vendredi 29 mars, le vendredi saint, la mère d'Henriette — nous laisseront, il faut l'espérer, tranquillement passer les fêtes de Pâques. Ils ont tiré hier jeudi. Mais aujourd'hui, ils n'oseraient pas!

— Eux! interrompit le vieillard. Ils s'en moquent bien, du vendredi saint. Ne t'y fie pas, ma fille.

Le vieillard avait à peine achevé sa phrase, qu'un coup sec et violent retentit.

— Tu vois!

— Eh bien! Ce n'est pas leur canon qui nous empêchera, père, d'aller à l'église Saint-Gervais assister à la cérémonie du vendredi saint. J'y vais chaque année. Et j'aurais vraiment honte de m'abstenir, parce qu'il plaît à la grosse Bertha d'aboyer un peu fort.

— Très bien, mère, dit Henriette. Je t'accompagne.

Vers trois heures, les deux femmes se mirent en route.

Elles avaient, toutes deux, revêtu un costume de deuil.

Elles prirent le tramway au carrefour de l'Observatoire. Dix minutes après, elles étaient au Châtelet.

— Nous allons à pied jusqu'à l'église, dit la mère. Mais, hâtons-nous. Je ne veux pas manquer le concert spirituel. Et, tu le sais, les places sont vites occupées. Je suis sûre qu'à cette heure, l'église doit déjà être pleine.

Quand les deux femmes eurent poussé le tambour qui fermait l'entrée de la nef, le spectacle qui apparut à leurs yeux les remplit d'une émotion intense.

Comme elles l'avaient prévu, le sanctuaire était bondé.

L'orgue accompagnait, de ses sonorités puissantes, les chanteurs qui psalmodiaient les strophes sacrées.

Un moment, l'orgue se tut. Les chanteurs firent silence.

On n'entendit plus que les voix lointaines des officiants...

L'orgue tonna de nouveau, jetant à l'assistance ses notes graves.

Henriette et sa mère restaient agenouillées.

Depuis deux heures, elles étaient là, ne songeant point à quitter l'église, qui leur semblait un refuge inviolable.

Subitement, une terreur indicible les envahit.

Les lumières s'éteignirent.

L'église fut plongée, en un instant, dans la nuit.

Un épouvantable fracas secoua les piliers, fit battre les chaises l'une contre l'autre.

Un nuage de fumée envahit les nefs.

Henriette eut, la première, la sensation nette de la catastrophe.

— Mère, un obus !

Les deux femmes n'étaient pas atteintes.

Elles se trouvaient dans la nef opposée à celle où était tombé l'obus.

Elles restaient clouées sur leur prie-Dieu, attendant la mort qui, certainement, allait venir les prendre.

Des bruits sourds et violents, comme des écroulements, mêlés aux cris des victimes, augmentaient encore leur terreur.

Quand la fumée se fut dissipée, le désastre leur apparut dans toute son horreur.

C'était bien un obus — un obus infâme — qui était tombé dans l'église.

Après avoir frappé un des piliers, il avait, par son explosion, creusé un trou énorme. Une partie de la muraille s'était écroulée, ensevelissant sous ses débris les fidèles assemblés dans le lieu saint.

— Mère, ne bougeons pas, dit Henriette. Si la mort doit venir nous prendre, attendons-la.

Des gémissements, des appels désespérés s'élevaient.

Enfin, les deux femmes purent s'arracher à ce spectacle terrifiant.

La nef dans laquelle elles avaient pris place, et qui était, nous l'avons dit, à l'opposé de celle où avait éclaté l'obus, se vidait peu à peu.

Elles poussèrent, d'une main tremblante, le tambour de la porte de sortie, au-dessous de l'orgue, et se trouvèrent, en quelques pas, sur la place.

Une foule compacte, maintenue à grand peine par les barrages des agents, lançait des malédictions :

— Misérables ! Bandits !

— Tirer sur une église ! Le vendredi saint !

Des voitures d'ambulance stationnaient.

Henriette serra le bras de sa mère.

— Mère, mère, c'est affreux...

Sur une civière, portée par deux infirmiers, une forme humaine sous un drap blanc taché de sang.

— Ah ! les maudits !

Elles restèrent clouées sur place par l'effroi.

Brusquement, elles sentirent des bras vigoureux qui les enlaçaient, et les portaient en avant.

— Maurice! Paul!

— Oui, c'est nous... Vous vous imaginez notre terreur, quand on nous annonça la catastrophe... Nous savions que vous étiez allées à Saint-Gervais... Ah! l'heure mortelle que nous venons de passer! Etiez-vous au nombre des victimes?... Mais, non, vous voici... Sauvées... Sauvées...

Maurice héla, sur le quai voisin, un taxi.

— Boulevard Port-Royal.

Un quart d'heure après, toute la famille était rassemblée.

Le vieillard pleurait comme un enfant, en embrassant sa petite-fille, qu'il avait cru ne jamais revoir.

— Parle, Henriette... dis-moi quelque chose... que j'entende ta voix.

Henriette raconta, en quelques phrases hachées par les sanglots, la catastrophe soudaine... l'obscurité... les pierres s'effondrant en un terrifiant fracas... les cris des victimes...

— Tout cela en quelques minutes... L'orgue jetait encore ses notes sonores... Les chants n'avaient point cessé... Et, tout près, les mourants gémissaient...

Le vieillard était anéanti.

— Ah! maudits, maudits — s'écria Maurice — qui ne respectez rien, qui tuez les femmes et les enfants en prières... Maudits, que le plus grand, le plus abominable des crimes ne fait pas reculer!...

VI

Le repaire du monstre

L'AMI de Maurice, le lieutenant Marcel, qui avait donné, la veille du crime de l'église, de si curieuses explications sur le canon monstrueux, était toujours à Paris.

Il revint quelques jours après voir ses amis du boulevard de Port-Royal.

La mère et la sœur de Maurice lui racontèrent la catastrophe dont elles avaient été témoins et dont elles avaient failli être victimes.

Quand il les eut félicitées d'avoir échappé à un si redoutable péril, il ne se fit pas prier pour donner les détails qu'il avait recueillis sur l'emplacement des canons géants, sur leur nombre, leur dimensions.

— Vous savez, commença-t-il, qu'une des trois énormes pièces — car elles sont trois — vient d'éclater. Vous l'avez lu, comme moi, dans les journaux du matin. Et il faut le croire. On tient le fait de prisonniers allemands. La note officielle est formelle. Je l'ai coupée dans mon journal, à la date du 3 avril.

« Une des pièces à longue portée qui bombardent Paris — dit la note — a éclaté. On tient la nouvelle de prisonniers allemands capturés sur le front français. Cinq hommes préposés à sa manœuvre ont été tués. »

— En voilà cinq que je ne regrette pas — dit Henriette. Quand je pense aux malheureuses victimes du vendredi saint dont j'entends encore les gémissements, mon cœur s'endurcit. C'est presque une joie pour moi de savoir que leur mort horrible commence à être vengée.

— Eh bien ! Marcel, dis-nous ce que tu sais.

Le lieutenant alluma une cigarette et continua :

— On a écrit sur le canon géant un tas de choses, toutes plus fantaisistes les unes que les autres. On a dit, entre autres, que les canons allemands étaient abrités dans des tunnels, d'où ils étaient retirés pour être pointés sur Paris, et où ils étaient rentrés après chaque coup. L'histoire est très ingénieuse, elle est cependant inventée. Il n'y a pas de tunnel. Les pièces géantes sont en plein air, sur des plates-formes, d'où elles tirent, à intervalles très irréguliers du reste, comme vous avez pu le remarquer...

— Où sont-elles ? demanda Maurice.

— Très exactement, je puis vous l'affirmer, elles sont à Crépy-en-Laonnois, ou, plutôt, à 1.500 mètres environ de cette localité, dans l'échancrure que forme le petit îlot du mont de Joye, dont la côte la plus élevée est de 191 mètres au-dessus du niveau de la mer. Ce petit massif montagneux dessine une sorte de fer à cheval. A l'intérieur de ce fer à cheval, à contre-pente des crêtes, et sur les trois sommets d'un triangle ayant de 800 à 900 mètres de côté se trouvent les trois pièces. C'est le canon situé au sommet du triangle le plus éloigné de Crépy-en-Laonnois, dans la direction du nord-ouest, qui a éclaté.

— Et les deux autres ?

— Patience, on y arrivera... Laissez-moi d'abord vous dire ce que l'on sait des dimensions du canon. Ainsi qu'on l'a dit déjà, ils sont du calibre 210. Ils ont une trentaine de mètres de long — ce qui est pour un canon est une longueur démesurée — dont 10 mètres de culasse et 20 mètres de volée. Ils sont installés en lisière de forêt, et sont simplement masqués par un habile camouflage, formé d'un treillis, recouvert de branchages, se confondant avec les arbres de la forêt.

— Comment a-t-on pu se rendre compte de ces dispositions ?

— Tous ces renseignements ont été obtenus par des photogra

Une partie de la muraille s'était écroulée, ensevelissant sous ses débris les fidèles assemblés dans le saint lieu (p. 14).

phies directes d'avions, et précisées ensuite par des conversations avec les prisonniers qui avaient vu les pièces, pendant que l'on procédait à leur installation.

« On a appris ainsi que les trois pièces avaient été amenées de Laon à La Fère, grâce à un embranchement ou « épi », construit à huit kilomètres environ de Laon, sur la voie principale... Dès le mois d'octobre 1917, nos photographies d'avions avaient décelé la présence de cet « épi », et l'on suivait attentivement le développement de son tracé, ne pouvant évidemment se douter, on le concevra, qu'il s'agissait de l'établissement de canons destinés à bombarder Paris...

— Ah! si l'on avait su! interrompit Henriette.

Marcel continua :

— Les artilleurs allemands n'étaient pas, il faut croire, sans s'inquiéter de nos avions, qui épiaient leurs travaux. Ils installèrent de nombreuses batteries antiaériennes. Ce qu'ils redoutaient, c'était d'être repérés. Dès qu'ils eurent tiré sur Paris, on remarqua qu'ils masquaient la flamme qui sort, à chaque coup, de l'âme de la pièce, par d'épais nuages de fumées artificielles. Ils faisaient aussi détonner, près de leurs canons colossaux, d'autres pièces dont l'explosion empêchaient le repérage par le son. Ils ne tiraient pas, ou peu, nuit... Bref, ils se cachaient autant qu'ils le pouvaient... Toutes ces précautions n'empêchaient pas, fort heureusement, nos aviateurs et nos artilleurs, de les contre-battre avec succès, comme vous allez voir.

« Je veux vous dire seulement, aujourd'hui, que la pièce qui a éclaté doit très probablement son destin, non pas à un éclatement par faute de la charge, mais à un coup heureux de nos artilleurs.

— Bravo! dit la jeune fille.

— Et ce sera mon dernier mot, dit Marcel. Une des Berthas est déjà blessée à mort. Dans quelques jours, ce sera le tour des deux autres. Cela, je vous le promets, au nom de mes canonniers.

VII

La mort de Bertha

ARCEL était bon prophète.

Du jour où les Berthas avaient inauguré leur tir sur Paris, elles étaient bel et bien condamnées à périr.

Maurice, dont la permission de quarante jours, comme celle de Paul, avait été prolongée, étant donné son état de santé, fut renseigné, dans le courant de mai, quand déjà les trois premières pièces avaient été réduites au silence, sur la manière dont elles avaient été découvertes et détruites. Son informateur était un des aviateurs qui avaient eu pour mission de repérer les pièces monstres. Et, une fois repérées, leur sort était entre les mains — et quelles mains ! — de notre A. L. G. P. (artillerie à grande puissance).

Laissons la parole à l'aviateur pour son intéressant récit :

— C'est à 6 h. 45 du matin, le samedi 23 mars, que le premier coup de canon était tiré sur Paris. A midi, pas une minute de plus, pas une minute de moins, vous voyez que nous n'avons pas perdu de temps, un équipage, composé d'un sous-lieutenant pilote et d'un sous-lieutenant observateur, prenait son vol sur un avion Bréguet. Il s'agissait, ne l'oubliez pas, de percer le mystère qui troublait même les plus fameux techniciens. Deux heures après notre prise de l'air, nous constations qu'un coup de canon partait d'un endroit soigneusement camouflé, à Mont-de-Joye... Vingt minutes plus tard, nouveau coup de canon. Il n'y a plus aucun doute. C'est bien un canon qui tire sur la capitale... Nous marquons sur nos cartes l'emplacement de la pièce, et nous rentrons, avec la satisfaction du devoir accompli, et avec quel rapide succès... Dès le lendemain, le réglage de nos artilleurs commence. Quarante-huit heures se passent, et le canon géant, un des canons, éclate. C'est celui dont ont parlé — nous l'avons dit plus haut — les prisonniers boches... Le tir continue. Il y a donc une seconde pièce. Nous la repérons, comme nous avions repéré la première. Ce n'est que le 23 avril, un mois après le premier coup tiré par la première pièce, que le second canon est, à son tour, « amoché », et si bien qu'il éclate... Restait le troisième. Les réglages continuent. Enfin, le troisième canon se tait, comme se sont tus les deux autres. C'est fini. Nous sommes débarrassés des monstres qui empoisonnent l'existence parisienne... Ah ! dame ! tout cela, si rapidement que je vous l'aie raconté, ne s'est pas passé sans anicroches. C'est au milieu de périls incessants que nous pouvions évoluer, parfois à 5.550 et même 6.000 mètres d'altitude, pour éviter, dans la mesure du possible, les nombreuses batteries anti-aériennes qui entouraient les trois canons géants. D'autre part, des patrouilles incessantes de huit, dix et douze appareils de chasse ennemis s'évertuaient à assurer l'inviolabilité de l'air aux alentours... Il nous fallait livrer de nombreux combats, qui parfois furent rudes. Et ces combats se livraient à 15 kilomètres à l'intérieur des lignes allesmandes... Ça n'a pas toujours été rose... Enfin c'est fini... *De profundis*. Que les Berthas reposent en paix...

Les renseignements de l'aviateur ne tardaient pas à être confirmés par d'autres récits, tout aussi convaincants, de témoins.

« Nous voici, écrivait l'un de ces témoins, au moment de l'action. Il est certain qu'une des Bertha va tirer. A l'aide de pots fumigènes, les Allemands ont tendu une série de barrages de fumée, à proximité des épis de voie ferrée préparées pour leur artillerie lourde de grande puissance. Quelques instants et nous entendrons résonner de fortes détonations, presque synchroniques C'est sans aucun doute Bertha qui vient de faire entendre sa voix rauque. En même temps, deux ou trois pièces de marine boches ont tiré, toutes à la fois, de points éloignés de la Bertha, envoyant des obus sur Braisnes, Soissons et Pierremande. Bientôt le tir reprend. Cette fois une dizaine de pièces de 170 tirent en même temps que la Bertha... Mais nos observateurs veillent et, presque aussitôt, nos artilleurs ouvrent le feu à leur tour. Bientôt des aviateurs signalent les premiers effets de la contre-batterie. Deux de nos grosses marmites ont explosé à 250 mètres au nord de la pièce, sur la voie conduisant à la plateforme bétonnée et l'ont coupée... Le tir continue, devenant de plus en plus précis. Des points de chute sont indiqués à 100 mètres à peine de la pièce. Enfin deux énormes marmites traversent un camouflage de la Bertha. Deux formidables explosions emplissent l'air de leur fracas. Le monstre est touché. Il montre une effroyable déchirure de 15 mètres de long. C'est la mort. La Bertha est littéralement éventrée... »

Bertha est morte. Mais il ne faudrait pas croire qu'elle ait été réduite au silence sans de terribles difficultés, sans des tâtonnements sans nombre. Voici ce qu'a raconté à ce sujet un membre de la commission de l'armée, M. Charles Leboucq, député de Paris.

« Il faut savoir que le calcul des probabilités donne, à la distance où tirent nos artilleurs, la proportion de 1 sur 5.000, comme chance d'atteindre l'engin allemand. C'est-à-dire que sur 5.000 obus bien placés, un seul, normalement, doit faire mouche. Le carton que j'ai rapporté avec moi montre des « impacts » à 50, à 40, à 20, à

16 mètres. Depuis six semaines, c'est le premier qui tombe sur la pièce, en plein. C'est vraiment merveille d'avoir atteint le but... Nos artilleurs sont admirables. Leur zèle ne se relâche, ni de jour ni de nuit. Ils sont arrosés, sans interruption, par des batteries spéciales qui recontre-battent ceux qui contre-battent les pièces boches. Nombre d'entre eux ont, hélas! payé de leur vie la vigilance qu'ils multiplient pour la sécurité de Paris. Paris ne leur sera jamais assez reconnaissant. »

La reconnaissance de Paris ne tarda pas, comme c'était justice, de se manifester. Le bureau du conseil municipal décida d'adresser l'expression de l'admiration et de la reconnaissance de Paris aux courageux aviateurs et artilleurs qui avaient repéré et détruit les canons à longue portée.

VIII

Ressuscitée!

Depuis le 2 mai, Bertha se taisait.

— Faut pas s'y fier — disait le vieux de 1870 — ces Boches ont tant de tours dans leur sac! Sûrement, pendant que nous nous endormons dans notre sécurité, ils nous préparent autre chose. Quoi? Je n'en sais rien. Mais je ne serais pas autrement surpris, si un beau matin nous étions réveillés par quelques coups de tonnerre... Au fait, savez-vous exactement combien de fois elle a tiré depuis le 23 mars? Moi, j'ai tenu mon carnet à jour, comme je le tenais en 1870.

— Et moi aussi, dit Paul. Nous allons voir si nous sommes d'accord.

Le vieillard tira de sa poche un petit carnet, qu'il consulta.

— Voici... La Bertha a commencé de tirer le samedi 23 mars. Elle a tiré le 24 et le 25. Je note ensuite trois jours d'interruption. Qu'a-t-elle fait pendant ces trois jours? Ce n'est pas mon affaire, mais celle des artilleurs boches, que nos aviateurs devaient forcer à se réfugier dans leurs abris... Reprise du tir les 29, 30 et 31 mars, et les 1er, 2 et 3 avril. Puis trois nouveaux jours de calme. Tir le 6 et le 7. Puis encore repos de trois jours. Du 11 au 16, canonnade. Interruption de deux journées. Tir le 19. Rien le 20. Tir le 21. Silence les deux jours suivants. Reprise les 24, 25, 26 et 27. Deux jours de calme, et, pour finir le mois, tir le 30. C'est tout pour avril... Eh bien, Paul, es-tu d'accord avec moi?

— Parfaitement. Et, pour finir, le canon a tiré le 1ᵉʳ mai. Depuis plus rien. Le 2, il se taisait, et nous n'avons pas entendu sa voix depuis ce jour. Nous sommes aujourd'hui le 25. C'est peut-être le repos définitif. Si vous entendez encore la Bertha, vous m'écrirez cela à Salonique.

Le congé des deux jeunes gens, avec la prolongation qui leur avait été accordée, touchait à sa fin. Maurice et Paul devaient quitter Paris le 27 mai et se rendre à Marseille pour s'y embarquer et rejoindre l'armée d'Orient.

Ce jour-là — c'était un lundi — le matin, toute la famille était réunie dans l'appartement du boulevard de Port-Royal.

On s'était longuement embrassés, avec mille souhaits de santé et de retour.

— Sois tranquille, Paul, dit en riant le vieillard, je tiendrai mon carnet à jour, et je t'enverrai tout cela à Salonique.

La phrase était à peine achevée qu'une explosion aussi formidable qu'inattendue faisait encore une fois trembler les vitres.

— Bon! dit Maurice. Voilà qu'on tire le canon pour notre départ... Vraiment, on n'en ferait pas plus pour des souverains.

La Bertha recommençait son tir.

Les jeunes gens ne pouvaient pas rester plus longtemps, si émus que fussent leurs parents.

— Adieu!

Le taxi roula vers la gare.

Maurice et Paul, avant de monter dans le train, furent encore salués par deux détonnations.

— Zut, dit Paul, je n'inscris plus rien. Grand-père n'en manquera pas une, j'en suis sûr, et je retrouverai tout cela à notre prochaine permission.

— Prochaine! dit Maurice. Mon vieux, tu ne te figures pas qu'on a, comme cela, tous les six mois, soixante jours à passer à Paris... La Bertha a le temps de faire trembler les vitres avant que nous ne revoyons le boulevard de Port-Royal.

✸
✸✸

Depuis le départ des deux jeunes gens, le canon colossal avait, à des intervalles irréguliers, fait entendre sa voix.

On était aux premiers jours d'août, quand — le 5 août exactement — il recommença ses exploits, après un repos d'une vingtaine de jours.

Le vieillard était assis, près de la fenêtre, dans son fauteuil habituel, lorsque la détonation éclata.

— Dix heures juste! dit-il.

Il ouvrit son carnet, et marqua la date et l'heure.

Il n'oublia pas de noter consciencieusement, pendant toute la journée, les explosions.

— Seize coups pour la journée! disait-il le soir à sa fille Adèle... Il est en ce moment 9 heures. Voici plus d'une heure et demie qu'ils n'ont pas tiré. C'est fini pour aujourd'hui. Je vais écrire cela à Paul. Ça l'intéressera.

Le vieillard consulta ses notes.

— En mai, le canon a tiré six fois : le 1ᵉʳ mai, puis du 27 au 31... En juin, il a tiré le 1ᵉʳ, le 3, le 4, puis du 7 au 11. Après c'est le calme absolu. Pendant trente-trois jours, le silence. En juillet, reprise le 15 et le 16. Encore une fois, le calme, qui vient d'être rompu... Qui pourra m'expliquer ces périodes de tir et de silence, qui se succèdent si irrégulièrement? Nous sommes aujourd'hui au 43ᵉ jour de tir.

Le lendemain, le canon fit entendre, comme la veille, ses détonations.

Le soir, il tonna pour la dernière fois à 18 h. 50.

Le vieillard n'eût plus à ouvrir son fameux carnet.

Il avait du reste d'autres préoccupations.

La magnifique avance de nos troupes l'accaparait tout entier.

— La Bertha peut tonner si cela lui plaît, disait-il à sa fille Adèle. Si grosse que soit sa voix, elle ne couvrira pas celle de nos canons à nous. Certes, elle n'a fait que trop de victimes, et surtout de victimes innocentes. Mais, en ce moment, on leur fait payer cher leurs infamies à ces canailles. Sans compter que nos aviateurs bombardent avec rage leurs villes... Et puis, il va bien falloir, quand nos troupes avanceront — et elles avancent sans arrêt — que les Berthas quittent leurs repaires... Mon journal racontait, l'autre jour, qu'on avait trouvé déjà une plate-forme dans le bois de la Tournelle, pas loin de Fère-en-Tardenois... Le canon n'y était plus. Ils avaient eu le temps de le déménager.

On frappa à la porte.

— Entrez, dit le vieillard, sans quitter son fauteuil.

C'était un camarade d'autrefois, un ami du siège de 1870, comme on le voyait au ruban vert et noir qui ornait sa boutonnière.

— Eh bien! ça va toujours, vieil ami.

— Parfaitement. Mais, à vrai dire, ma santé ne m'occupe pas. Je ne pense qu'à ceux de là-bas, à nos héros qui, en ce moment, leur font payer cher les crimes qu'ils ont commis... A propos, et leur Bertha, on ne l'entend plus?

— C'est ce que je me disais, moi aussi, tout à l'heure... Ils doivent avoir, en ce moment, autre chose à faire... Tu sais bien qu'au fond, leur fameux canon n'était qu'un bluff... Vouloir démolir Paris en envoyant, de temps à autre, une douzaine d'obus par jour, c'est de la folie... Qu'ils envoient un des leurs en promenade ici, il reconnaîtra vite qu'il faudrait des siècles et des siècles pour ruiner une capitale comme la nôtre à coups d'obus... Vois-tu, ce qu'ils voulaient, c'est impressionner leur population. Ces imbéciles de Boches se figurent, quand ils tirent leur journal le matin, que Paris n'est plus qu'un monceau de décombres... Qu'ils viennent voir, je te le dis... Ils n'ont réussi qu'à tuer des femmes, des enfants; cela s'ajoute aux infamies qu'ils ont déjà commises... Le jour du règlement arrive, mon vieux. On leur fera payer tout cela au centuple.

Le vieillard se leva.

— La Bertha, dit-il en frappant sur la table, eh bien! je m'en f... Je ne veux plus songer qu'à la victoire. Et je crois qu'elle approche à grands pas, camarade. Nous avons vu ensemble une défaite. Nous verrons la revanche... La Bertha peut tonner encore, si cela lui plaît. Je te répète que je m'en moque. Elle ne pourra tonner, du reste, que si nous ne la forçons pas à décamper... Nos poilus se chargent de cette besogne. Cette fois-là, ce sera la mort de Bertha, la mort définitive, la mort sans résurrection... Crois-moi... Elle est déjà morte, bien morte. Et il ne reste plus d'elle que le souvenir de ses lâchetés et de ses crimes...

Imp. d'Editions, 9, rue Edouard-Jacques, Paris.